S.T. ROSEMARY COLLEGE
聖迷迭香書院
推理七公主

CASE
3

捍衛戀愛自由大作戰

作者 **卡特** × 繪畫 **魂魂SOUL**

目錄

聖迷迭香書院
高中部學生會

總務
張綺綾
巨蟹座＊O型血

秘書
郭智文
水瓶座＊B型血

副會長
林紫語
獅子座＊A型血

會長
林紫晴
獅子座＊A型血

資優生，從一萬多個報考者中脫穎而出，以全科滿分的成績考獲全額獎學金入學。擅長推理和觀察，對眾人聲稱擁有「超能力」不以為然。

作男性打扮，像影子般一直陪伴在會長左右。她有超乎常人的辦事效率，經常在會長開口前就已完成任務。聲稱擁有「過目不忘」的超能力。

和會長是孿生姊妹，比會長開朗、實際和易相處，掌握學生會的所有事務，是師生們的好幫手。她聲稱跟姐姐一樣，擁有「心靈相通」的超能力。

一旦決定了的事情就不會改變，有效率，但固執，不擅交際。她也是聖迷迭香書院裡的權力核心，只要她決定了的事，就會變成事實。

宣傳	司庫	福利
司徒晶晶	**曾樂盈**	**阮思昀**
金牛座＊O型血	處女座＊A型血	雙魚座＊AB型

鄭宇辰

天秤座＊A型血

鄰校羅勒葉高校
學生會的會長，
和會長姊妹家族
是世交。似乎對
七公主的某人萌
生了情愫。

陳非凡

天秤座＊O型血

羅勒葉高校學生
會副會長，明明
有著一副不良少
年的樣子，但卻
又架著一副文學
氣息十足的眼
鏡，感覺有點矛
盾。和阿辰在學
業方面是死對
頭，但又同時一
起營運學生會，
關係微妙。

身型嬌小，經常
穿著可愛的服裝，
但思想實際老成
穩重。她是消息
最靈通的人，也
最多朋友、最多
人信賴。聲稱擁
有「讀心」的超能
力。

對科技和理科的
了解非常深入，
認為所有事情都
「有因有果」，只
要弄清前因後
果，就能解構世
界。聲稱擁有
「預知未來」的超
能力。

非常博學，通曉
古今文學、電
影、文化和哲
學。性格文靜，
不過一旦談到她
喜歡的話題就會
停不下來。聲稱
擁有「隱形」的
超能力。

十二月一日，放學時間，今天的聖迷迭香書院學生會室異常熱鬧，因為除了平常諸位七公主之外，羅勒葉高校學生會的成員都在這裡。

聖迷迭香書院和羅勒葉高校是兩家貴族學校，聖迷迭香書院是女校，而羅勒葉高校則是男校。兩校的學生會向來交流非常頻繁，而每一年的聖誕聯合舞會更是兩校學生都非常重視的傳統活動。

今天，兩校學生會成員為了籌備一年一度的聖誕聯合舞會，齊集了在聖迷迭香書院的學生會室裡。

聖迷迭香書院的總務——張綺綾，暱稱小綾，

大家替她改了外號，叫她「天才推理少女小綾」，是個資優生。她以全科滿分的成績通過入學試，亦是今屆唯一考取全額獎學金入讀的人。在這樣重要的會議中，當然不可以缺席了，所以在放學後，小綾就踏著輕鬆的腳步走進學生會室。

學生會室內部非常寬敞，在大廳中間，放著一張很有氣派的紅木會議桌，大廳近窗的位置有兩張大梳化，梳化前面有一張非常精美的茶几。

今天大家都圍著會議桌旁，等候會議開始。會議桌上除了學生會眾人的專用杯子外，還放滿了不同顏色的客用 WHITTARD 茶杯，用來招呼羅勒葉高校學生會的男生們。中式的烏龍茶、日式的抹茶，還有英式的格雷伯爵茶，全都放在桌子中間，讓大家隨意選擇。

而桌子上還有五座三層的點心塔，塔上放著精緻的蛋糕、小塊的三文治、司康餅，還有各式各樣的水果。

　　兩校學生會的眾人一邊吃點心、一邊喝茶、一邊談天，等候著會議的正式開始。

　　「盈盈，快用你那『預知未來』的能力，看看之後會發生甚麼。」會長一時興起，就開始和大家玩起「超能力」的遊戲。聖迷迭香學生會的會長林紫晴，決斷力驚人，也是大家的偶像，常常都可以在第一時間就做出最正確的決定。

　　「接下來嘛，我們應該會決定辦一個和往年完全不同、別樹一格的聖誕聯合舞會吧？對不對？」聖迷迭香學生會的司庫盈盈一臉自信地回答會長，盈盈是一個做事認真的人，所有事情都要「有原有因」。

　　其實學生會中，除了小綾之外，每個人都說自己有超能力——

會長和副會長是
「心靈相通」

智文是「過目不忘」

晶晶是「讀心術」

盈盈是「預知未來」

思昀是「隱形」

當然，超能力在這世界上是不存在的，那只是他們之間的小把戲罷了。所謂的「超能力」全都經不起實驗的驗證，就當作是玩笑的一種好了。

「對對，我昨天就感受到了，姐姐一定是想做一次前無古人、後無來者的舞會！」副會長林紫語，亦即是會長的孿生妹妹立刻就發動她那「心靈相通」的能力。

「對，我要辦一個最盛大的舞會！對了，阿辰呢？怎麼……」會長一邊說一邊露出得意的笑容。

「阿辰剛才通知了我，說會遲十分鐘左右。」學生會的秘書智文在會長還沒問完之前，就作出了回答。

「小綾你一定一頭霧水吧？其實呢，自從兩校建立以來，每一年都有聯合聖誕舞會，而且兩校

輪流主辦，今年就到我們聖迷迭香書院了。」學生會的宣傳晶晶在小綾開口發問前就說。

「不會，我大概感受到這舞會的重要性了。」小綾從容不迫地回答，然後還拿起了一份小三文治放到嘴裡，新鮮的牛油果醬加上煙三文魚肉碎，實在是好吃極了。

就在大家談笑期間，一個相當高大，一頭短髮，相貌英俊，穿著羅勒葉高校校服的男生破門而入；而跟在他後面的，是一個長髮，架著黑框眼鏡，樣子桀驁不馴的男生。

短髮的男生是阿辰，是羅勒葉高校的學生會會長；而長髮的男生是阿煩，是副會長。

「不好意思，我遲了。」阿辰走到會長面前，對會長道歉；會長稍為點頭示意了一下，就沒有

再理會他。

　　阿辰和會長說完話之後，拿了一個茶杯，然後四處張望，直到找到小綾後，目光才停了下來，之後打算往小綾的方向走去。但在還沒踏出半步之前，阿煩就拉住了阿辰。

　　「失禮呀！我們是來開會的！」阿煩在阿辰旁邊耳語。

　　「嗯嗯。」阿辰把鎖定在小綾臉上的目光移開，

站在會長旁邊。

「好，會議正式開始吧，今年我打算把舞會移師到商業區的露天廣場中舉行，我們要辦一個大型音樂節加舞會，要有三個舞台，每個舞台有不同的表演者，大家都可以選擇自己喜歡的音樂來跳舞。」會長清了一清喉嚨後，說出了驚人的龐大計劃。

「我們聖迷迭香書院會負責中間的主舞台和左邊的舞台，而右邊的舞台就交給你們羅勒葉高校負責。」會長繼續用她那電光火石般的決斷力分配工作，而在場的所有人，包括阿辰和阿煩，除了點頭答應之外，沒法作出其他反應。

工作火速地被分配完畢，眾人開始分成小組討論細節的問題，小綾、阿煩和晶晶被分配去邀

請表演的單位，所以在茶几那邊三人開始討論著

哪個舞台應該要有哪一種形式的音樂。

　　「我建議主舞台用爵士樂做主軸，大家可以跳

舞，也可以坐下來靜靜地喝東西和聽音樂。」晶晶

提議説。

「不錯耶！你們有聽過 Free Jazz 嗎？」阿煩聽到「爵士樂」這個字眼後，雙眼發光。

「就是樂手們不會按照先排練好的樂譜演奏，整個演奏中樂手們自己即興發揮，一邊創造樂曲，一邊演奏的表演模式吧。」小綾不是個死讀書的書獃子，她是個「通才」，除了擁有推理和解謎的天才外，對其他範疇的知識亦稍有涉獵。

「對，那簡直就是對『自由』最佳的藝術表現，所謂自由，就是奏自己想奏的歌，不用跟著別人給你的樂譜，沒有對錯，沒有限制。」阿煩興奮得原地跳起。

「『自由』是很好沒錯，但如果要用禁錮，又或是搶劫的形式來嘗試實現，那就會傷害到人。」小綾的說話若有所指，在兩個月之前，聖迷迭香

書院學生會的成員們被一個蒙面人禁錮，最後憑小綾的計策才成功脫身*（註1）。小綾一直想找到決定性的證據確認蒙面人的身份，所以才這樣說來試探阿煩。

　　阿煩顯然聽出了話裡的弦外之音，臉色稍為一沉，但不過兩秒後就回復正常。

　　「『自由』是與生俱來的，不需要去『實現』。」阿煩一邊微笑，一邊回答小綾。

　　「說回爵士樂吧，我們找哪些表演者好？」小綾見不得要領，就沒有追問下去，繼續會議的進行。

　　「說到爵士樂，當然就是小野麗莎吧！Bossa Nova 的曲式最讚了。」阿煩搶著提議。

　　「我找找她的經理人吧，希望她有檔期可以為我們的舞會演出吧。」晶晶實幹地把「Ono Lisa」這個名字寫在筆記本上。

　　就在這時候，會長拍了拍手掌，大家的注意力立刻集中在會長那邊。

「好，今天就到此為止吧，明天繼續，阿辰，明天我們到你那邊開會吧，好嗎？」會長用命令的口吻問，根本不容阿辰拒絕。當然，阿辰也沒有反對的理由，於是下一個會議就決定明天在羅勒葉高校的學生會室舉行了。

*註1：詳情請回看 CASE 2《襲擊麵包店的模仿犯》。

阿辰向小綾求救

　　第二天放學後，小綾慢慢地穿越商業區，向羅勒葉高校的方向走過去。

　　聖迷迭香書院和羅勒葉高校由於位處郊區，所以兩校中間有一個共用的商業區，各種商舖、戲院、卡拉 OK、娛樂設施，應有盡有，昨天會長所說的露天廣場，就坐落在商業區的正中央。

　　穿過商業區後，羅勒葉高校的大樓映入小綾的眼簾。和聖迷迭香書院不同，羅勒葉高校是一座大型的水泥建築物，樓高大約二十層，佔地大約四、五個足球場大，沒有氣派的花園，也沒有精緻的涼亭，整座建築物就好像一個大型的灰色

盒子，窗子也不多。

　　圍著建築物的，是一道兩米多高的圍牆，牆頂上有防止有人爬上去的金屬倒勾，灰色的牆身非常乾淨，沒有任何塗鴉，也沒有任何污漬。

在圍牆邊有一個大門口，小綾走近之後，在門外崗哨當值的值日生截停了她。

「你是誰？來這裡幹甚麼？」值日生對小綾說。

「怎麼了？羅勒葉高校被封鎖了嗎？」小綾覺得很奇怪，所以想先得到多點資訊，再決定要不要回答那個值日生的問題。

「羅勒葉高校是不允許本校師生以外的人進入的，而本校是男校，你是女生，當然不能進入了。」值日生用沒帶感情的語氣對小綾說。

「我是聖迷迭香書院學生會的總務，張綺綾，約了你們學生會成員在這裡開會的。」小綾不理解為甚麼羅勒葉高校要拒絕其他人進入，但還是道明了來意。

「你等一下，我先通報。」值日生説完，自顧自地拿起電話不知道輸入了甚麼文字。

小綾觀察了一下四週，大門口中其實有不少羅勒葉高校的學生出入，他們都走學生專用通道，出入時，都要拍卡核實身份。而那道圍牆則圍得密不透風，除了這個大門口外，完全看不見有任何側門或是窗戶。

然後阿煩從校園內出現，和小綾揮了揮手，然後從學生專用通道中來到小綾前面。

「不用通報了，她是來幫手籌辦聖誕聯合舞會的。」阿煩對值日生說完後，也沒有等候值日生的回答，直接拉著小綾的手，從學生通道中走進了羅勒葉高校。

阿煩無論出來，還是進去，都沒有像其他學生一樣乖乖地拍卡，大概是為了方便吧，只是過來接小綾的話，故意拍卡甚麼的，也太過麻煩。

「怎樣？第一次來羅勒葉高校，很驚訝吧？」阿煩看出了小綾心中的疑慮。

「對，你們一點也不像一所貴族學校呢。」小綾也沒顧慮，直接說出心中所想。

「但事實上，我們就跟聖迷迭香書院一樣，是一所貴族學校。不過我們這裡講究的，是秩序，是學校的整體；而你們呢，講究的是品味，是每

個人的感受。」阿煩試著分析。

「你的意思，即是你們學校不太理會你們的感受？」小綾不解地問。

「我沒有這樣說，算是辦學方針的不同吧。我們快到了，學生會室在地下這一層，而且離大門入口也不遠。」阿煩沒有打算繼續剛才的話題。

羅勒葉高校學生會室的門口是非常普通的厚實木門，如果沒有門外的牌子，根本沒有人會知道這是學生會室；打開大門之後阿煩和小綾一起進入房間內，入面有六張辦公桌、一部影印機、一部礦泉水機和一個洗手盤，擺設和一般的辦公室無異，辦公桌的盡頭是另一道大門，推門進去之後，晶晶和盈盈坐在會議桌的客席，和羅勒葉高校的學生會成員在談天，但會長、副會長、智文，

甚至連主人家阿辰都還沒到。

　　會議桌也是實而不華的灰色，小綾在晶晶旁邊坐下，阿煩給她遞上了一個茶杯，茶杯是 IKEA 的 ENTUSIASM，石色的陶瓷配上藍色的斑點，屬於實而不華，性價比極高的茶杯。

　　小綾舉起杯子喝了一口，味道非常不錯的烏龍茶，水溫也是恰到好處，完全不輸給智文平日在學生會室泡的茶。

「會長怎麼還沒有來？」小綾放下茶杯，走到晶晶旁邊問。

「不知道，今天午飯過後我就沒見過會長了。」晶晶用手指托著下巴，説。

「阿辰也不在，除了等待，我們也沒有其他法子了吧。」小綾無可奈何地説。

「吖，對了，有沒有人邀約你成為他的舞伴？」晶晶一邊笑著，一邊問小綾。

「是聖誕聯合舞會的舞伴嗎？一定要有的？」小綾不知道晶晶為甚麼這樣問。

「當然啦！那是我們的傳統，如果限期前沒法找到舞伴的話，就會由舞伴配對計劃幫你安排舞伴。」晶晶一邊説，一邊打量著小綾的全身。

「那會不會分配到不喜歡的男生？」小綾認真

地反問。

「小綾不用擔心啦，你一定會有人邀約你的。而且還會是大人物呢！」晶晶說完，笑不攏嘴。

「沒可能吧，羅勒葉高校的學生，我認識的根本沒幾個啊。」小綾氣定神閒地回答。

「遲鈍，真的是太遲鈍了！我們的『天才推理少女小綾』已經超越了『遲鈍鬼』的程度，簡直就是『超級遲鈍鬼』！」晶晶笑得更大聲了。

眾人再閒談了大約十五分鐘，但會長、副會長、智文和阿辰都沒有出現，也聯絡不上他們，小綾開始擔心他們，阿煩也顯得毫無頭緒，坐在椅子上，一言不發。

突然，有人大力地打開了學生會室的大門，然後衝向會議室。

「小綾！你一定要救我們！」衝進來的不是別人，是羅勒葉高校學生會的會長阿辰，鄭宇辰。阿辰衝到會議室裡後，沒有理會其他人，就直衝到小綾面前向她求救。

「等等，發生了甚麼事？『你們』還包括了甚麼人？會長嗎？」小綾啟動了「天才推理少女小綾」的思考模式，立刻詢問更多的資料。

「對，是關於我和紫晴的。」阿辰氣急敗壞地說。

「你慢慢說，我們再看看可以怎樣做。」小綾冷靜地回應，在進行任何推理之前，掌握的資訊

是愈多愈好，這樣才能慢慢查探真偽，再接近真相。

「我的父母和紫晴的父母安排了我們在後天訂婚，我們兩人皆是昨天才知道這件事；況且，最重要的是，我們根本就不是情侶關係！一切都是我們父母的一相情願！紫晴現在正在和他們理論，而我則逃出來找你求救。」阿辰深呼吸了一口氣，說出了驚人的事情。

「他們誤會了你們是情侶？」小綾不理解他們父母的決定，畢竟，阿辰和會長都只有十七歲而已。

「不是，他們的態度很強硬，也不肯告訴我們原因。」阿辰立刻回答。

「那麼你要我救你，是怎樣救？素未謀面的

我，大概沒法說服你們父母吧？」小綾提出合理的
猜測。

　　「對……但我有另一個方法……」阿辰靦腆地
欲語還休。

　　「快說！救人要緊吧！」小綾語氣嚴厲起來，
斬釘截鐵。

「我……我想請……請你假扮我……我女朋友……去勸停我的父母。」阿辰說這句話時明顯非常緊張,用了九牛二虎之力才把這句話說完。

「好啊,小綾,你就假扮阿辰的女朋友吧!這一定很有趣!」在旁聽著的晶晶,面帶微笑地插嘴。

「這樣不可行吧!我要先找出你們父母這樣安排的原因,然後對症下藥,找個人假扮你女朋友,很易就會被揭穿的。」小綾完全沒聽出晶晶的弦外之音,反而理性地分析。

「哈哈!阿辰你就死心吧!小綾是不會明白的!哈哈!」晶晶笑得彎下腰來。

「晶晶,你先等我說完。」小綾阻止了大笑不止的晶晶,再和阿辰說:「如果你們兩人都不是自

願的話，當然不可以接受這次訂婚，那樣吧，我去找出你們父母這樣決定的原因，再負責說服他們，這樣好嗎？」

「唉……」阿辰長長的嘆了一口氣：「連假扮的也不行嗎？」

說完這句話的阿辰，拖著沉重的腳步轉身離開會議室。

「晶晶、盈盈，聯合舞會的準備交給你們，我現在去找會長，看看可以查到甚麼。如果會長不

是自願訂婚的話，我一定會救她的！會長的事，
就是我們推理七公主的事！」小綾用肯定的語氣，
發表拯救宣言。

小綾知道事情並不像阿辰所說般簡單，她所知道的會長，絕不是那種簡單地就會屈服的人。

最直截了當的做法，當然是直接去問會長本人了。照著 Google Map 的指引，小綾一步一步的接近會長的宿舍。那是一幢三層高巨宅，在很遠的地方都可以看見，小綾在入口登記後，等待著管家的接見。

「你是學生會的成員吧？是來找紫晴還是紫語的？」等了片刻之後，一個

大約五十歲，男性裝扮的大嬸來到小綾面前對她說，大概是認出了小綾身上所穿，為學生會成員特設的服裝吧。

「你好，我是張綺綾，是學生會的總務。」小綾很正式地介紹自己。

「綺綾你好，我是由美，是這家宿舍的總管家。」總管家由美也正式地介紹自己。

「我是來找會長的，你可以帶我去見她嗎？」小綾回答由美的第一條問題。

「我先用電話通報一下，在這同時，我帶你到客廳等吧。」由美說完，立刻頭也不回地向大宅方向走去，總管家不愧是總管家，一舉手、一投足都感覺像是這個家的家長一樣。

小綾跟著總管家由美走，一邊走、由美一邊

介紹宿舍的設施，她們經過了大宅前的花園，那邊有一個小型的動物園、兩個網球場、一個九洞的哥爾夫球場，甚至還可以看到大宅另一邊有一個人造海灘。

對於會長的宿舍有這種排場，小綾覺得一點也不意外，畢竟她是在這學園中萬人之上的會長，她要甚麼就有甚麼。

所以這次訂婚究竟是甚麼回事？會長沒可能自願和阿辰訂婚的，而且也沒可能有人可以逼迫會長做她不想做的事，究竟事實真相是甚麼？

佔地非常寬廣的大宅，差不多比羅勒葉高校還要大。進入客廳後，小綾坐在梳化上，等候會長的消息，大廳的樓頂非常高，上面掛著超大型的水晶燈，聖誕聯合舞會直接在這裡舉辦的話，

看來會比商業區的大商場更適合。

在大廳上等待會長時，小綾在廳內踱步，欣賞著牆上掛著的油畫，有大師畢加索立體主義的真跡；立體畫派講求在同一個畫面中把事物的所有角度畫出來，所以人像都是扭曲的，同時可以看到畫中人的正面、背面和側面。

也有另一幅莫內的印象派畫作，印象派講究光影的改變，還有對時間的印象，不同的小光點聚集起來形成了整幅的風景。

小綾對藝術所知只有皮毛，只能大概分辨不同的派別，還有記得大師級畫家的名字。如果要她作出更詳細的藝術分析，她實在也做不到。

大約等了十分鐘左右，總管家由美再次出現。

「綺綾，不好意思，會長今天身體抱恙，所以不能見你了，有甚麼我可以幫到你的嗎？」總管家由美用溫柔的聲音對小綾說。

小綾知道這是謊話，要是身體抱恙的話，根本不用等小綾進入大宅後才告訴她，因為身體不適不是十幾分鐘內會發生的事。

最直接的推測，就是會長應該被禁足了！而且禁足她的人不讓外面的人接觸她，由美不知道這件事，直到小綾來到，通報會長時才被通知會長被禁止與外界接觸。

根據「奧卡姆剃刀」原則——最簡單直接的推論，往往就是真相，愈多陰謀被牽涉在內的推測，就愈有機會是胡謅。

小綾在這一刻，差不多可以肯定在這宿舍內，有比會長更有決定權的人在操控這件事，而這個人的身份，也不太難猜。

「我為了要準備聖誕聯合舞會用的小冊子，所以想來問會長借閱歷屆的畢業相冊，你能幫我拿來嗎？」小綾想要證實自己的推測沒錯，所以想到了證實的方法。

「畢業相冊嗎？就放在我們書房，我帶你去吧。」總管家由美爽快地答應。

「對了，會長的父母都是聖迷迭香書院和羅勒葉高校的畢業生，對吧？」小綾一邊跟著由美走向書房，一邊問。

「只有夫人才是這邊的舊生，林先生和夫人是在劍橋大學認識的，兩人是大學同學。」總管家一邊答，一邊露出一個不帶感情的微笑。

「是嗎？我還以為他們是在聖誕聯合舞會認識的呢。那是兩校同學互相認識的好機會吧？」小綾試探地問，她知道要讓會長乖乖的聽話，留在家裡，接受訂婚，除了會長的父母之外並不會有別人。因此她探問更多關於會長父母的事，希望可以從這裡得到些微線索。

「綺綾，你知道嗎，這個山頭、兩所學院，還有中間的商業區，有一半是屬於夫人家族的，只要家族上有人入讀兩所學院其中一所，就一定會成為學生會的會長。你要做舊生小冊子的話，這點就一定不能忽略了！」總管家由美臉帶驕傲的說，能服務這個家族，對於由美來說，似乎是她打從心底裡感到自豪的成就。

「是這樣嗎？那另外一半呢？是屬於誰的？」

小綾雖然已經猜到，但為了確認，還是問了這個
問題。

「是鄭氏家族的。」總管家由美不帶尾音地回
答小綾。

「是阿辰的家族吧？」小綾一早就猜到，這次
訂婚事件，可能牽涉到兩大家族之間的問題。

但至少讓小綾安心的是，兩大家族看來沒有
通婚的傳統，至少會長的母親就不是嫁給鄭氏的
親屬，而是在劍橋大學認識的同學。

「嗯，沒錯，是宇辰的家族。我們到了，這裡
就是書房。」總管家由美一邊說，一邊把門推開，
門後面就是會長宿舍中的書房，與其說是書房，
不如說是圖書館更加貼切。

小綾被由美帶到其中一個書架前，在這個書

架上，滿滿都是歷年的畢業相冊。由美吩咐小綾可以隨便翻閱，但不可以把相冊帶走，拍照存檔也沒有問題。小綾點了點頭，承諾會小心處理這些相冊。

小綾看著浩瀚的相冊，才想起她根本不知道會長母親的全名，雖然可以大約推算到會長母親的年齡，但答案誤差也會很大。

「你想找這個吧？這是夫人畢業的年份。綺綾你要加油，說不定只有像你這樣聰明的孩子，才能找到方法解開大家的心結，然後救回紫晴。」總管家由美從書架中拿出兩本相冊，交到小綾手上，說著小綾無法理解的話。

「我不明白！甚麼心結？為甚麼會長要我去救？」小綾接過相冊，連珠炮發地問。但由美沒有回答小綾，自顧自的轉身離開書房，並且關上

了書房的門。突然間，像圖書館般大的書房中，只剩下了小綾一個。

小綾捧著兩本相冊，那是聖迷迭香書院和羅勒葉高校同一年份的畢業相冊，緩緩坐到一張桌子前面。

兩校每年的畢業人數各自大約三百人，所以兩本硬皮相冊各自都是一百頁左右的厚度，小綾開始翻閱聖迷迭香書院的那一本，揭開第一頁的正中間，就是當年學號 001，即是學生會會長的照片。相中人是一個大美女，頭髮兩旁束上蝴蝶結，目光銳利有神，嘴上掛著一個胸有成竹的笑容。

學生會長的名字叫做王若凝，樣子看起來跟會長和副會長有幾成的相似，根據總管家的說法，這位王若凝應該就是會長和副會長的母親。

會長母親照片下面有一段短短的自我介紹，

內容是這樣的：

我是學生會會蕆王若凝。

我非常喜歡這家學校，

也非常愛護學牛會的各為，

希望畢業之後大家都能夠

生活偷快，健庸快樂。

　　小綾一看，就覺得非常奇怪，錯別字實在太過明顯，而且數量太多，連標點符號在內短短的五十四字之中，就錯了六個字，以聖迷迭香書院的水準來説，這實在不太尋常。

　　於是小綾立刻打開同一年羅勒葉高校的畢業相冊，羅勒葉高校當年的學生會會長是鄭沛南，雖然沒有證據，但這人是阿辰家族成員的機會很高，即使不是阿辰的爸爸，也可能是阿辰的叔叔或是表親。

　　更奇怪的是，連鄭沛南的自我介紹裡面，也有著很多不尋常的錯別字！

大家好，找叫阿南、鄭沛南。

我很榮幸能夠擔任學牛會會長。

羅勒葉高佼是我們的驕傲，

畢業後，希望大家視能順利，

熊夠活出一固轟轟烈烈的人生。

小綾反覆地觀察兩篇自我介紹和兩張相片，

還發現了另一點不尋常之處——會長母親的頸上有

一條項鏈鍊，鏈墜上寫著889；而阿南的手上則

有一條手帶，上面寫著6434。

　　小綾繼續翻著兩本畢業相冊，發現聖迷迭香書院的相冊根據學號排列，沒有分班，除了001-009單位數字號碼預留給學生會成員之外，其他學生則使用英文姓氏的字母順序排列，相冊中每個人都有大約50-100字的自我介紹和祝福語、聯絡方法、升讀的大學；而羅勒葉書院的相冊也差不多，不過學號卻是用班級分配，例如A01就代表A班1號。B35就代表B班35號，雖然前幾頁一樣是預留給學生會成員，但看起來就沒有那麼整齊了。

　　再也沒有任何人的自我介紹中有如此不尋常的大量錯別字，所以幾乎可以肯定，那些錯別字是故意印在那裡的。

　　小綾再次翻回第一頁，看著王若凝和鄭沛南

的自我介紹，明白裡面一定有重大的秘密，但現在的資料還不足夠讓小綾得出結論。

　　小綾把兩本幾百頁的相冊，統統用手機拍照存檔，然後再放回原處。當做著這種繁瑣的工作時，小綾突然就懷念起智文，她總是在會長要求之前，就已經把這種工作做得妥妥當當。

一個管家這時就好像知道小綾已經完成了她的調查一樣，打開書房的門，準備送她回去。

離開會長的宿舍後，小綾回到聖迷迭香書院的校園。沿途上，小綾一直深思總管家由美的話，她說要靠小綾解開大家的心結，然後救會長這件事，讓小綾耿耿於懷。

直到目前，小綾還想不出一個所以然來，因為小綾手頭上的資料還遠遠不足。這時候，小綾靈光一閃，想起了一個能幫助她的人——就是二年A班的人造人班主任。

班主任是人工智能這件事在開學日時被小綾的推理揭穿，之後他（它？）就和學生會一直保持著良好的關係，要追查二十幾年前的學生會長資料，班主任的資料庫內說不定會有重要的線索*[註2]。

小綾跑向教員室，沒有理會外面那塊「不准進入」的牌子，直接衝到二年 A 班班主任的桌子前。

「班主任，我需要你的幫助。」小綾也不說甚麼開場白，直接就說出此行的目的。

「甚麼事？能夠幫的我都一定幫你。」班主任為小綾遞上一杯清水，答應道。

「我想知道關於這兩個畢業生的事，你有他們的資料嗎？」小綾一邊說，一邊把畢業相冊上王若凝和鄭沛南的兩頁交給班主任。

班主任看了圖片後，表情也沒甚麼變化，只是

托著頭稍微擺出尋思的樣子，直至過了三十多秒後，才再次開口說話。

「我沒有權限去讀取這兩人的資料，那是安全系統的最高級別。」班主任搖了搖頭。

「那……怎麼辦好呢？這事事關重大，真的一刻都不能拖延了……」班主任看到小綾很失望也很苦惱，她向他鞠了一個躬，悻悻然地轉身離去。

「慢著，我們有一個現任老師，也是聖迷迭香書院的畢業生，比他們早一年畢業，算是她們的師姊，不如你去問問她。」班主任的資料庫總算起了作用。

「太好了！她的位置在哪裡？我現在就去找她。」小綾興奮地說。

「她是龐月容，龐老師，在一小時前她就已經

離開校園回自己的宿舍了。」班主任覺得小綾現在未免有點心急，想她先冷靜下來，把腳步拖慢一點。

「那我去她的宿舍找她。」小綾還不肯放棄，會長的事情對小綾來說，是最需要優先處理的。

「明天午飯時間我幫你引薦吧，你明明知道學生是不應該踏足教職員宿舍的。」班主任說，那不是規定，而是出於尊重老師個人私隱的約定做法。

小綾沒法說服班主任，只好自己一個回到學生會室，但裡面卻空無一人。當然啦，大家應該還在羅勒葉高校那邊籌備著聖誕聯合舞會。小綾雖然無奈，但也只能慢慢地走回自己宿舍。

* 註 2：詳情請重溫 CASE 1《開學日班主任失蹤案》。

第 5 章
聖堂騎士與流浪武者

　　當天晚上，小綾一整夜失眠，一直擔心會長的情況，傳給會長的訊息全都沒有回應，究竟會長是不是被禁錮了呢？但明明阿辰還可以回學校，為甚麼會長明明就在宿舍中，卻不肯見她呢？

　　小綾停不了思考總管家由美的話，但結論卻和下午時一模一樣，裹足不前。她需要更多的資料，才可以知道究竟發生了甚麼事。

　　到了早上，在上課之前，小綾回到學生會室。但學生會室跟昨天下午一樣，空無一人，平日比誰都更早到達學生會室的智文或是經常在學生會室喝茶的會長都不在，小綾從杯櫥中拿出自己專用的 Royal Albert 骨瓷杯子，藍白間花紋，鑲著金邊，但今天這杯子裡面，只剩下小綾自己倒的開水，而再沒有由智文泡出來，非常好喝的茶了。

　　小綾沒有甚麼可以做，只好回去上課，一直等到午飯鐘聲一響，拿起便當就立刻衝向教員室。剛打開教員室的大門，班主任和龐老師就已經站在門前正在等小綾的到來。

「你就是張綺綾吧？要不要一起吃午飯，然後慢慢談？你帶了便當吧，我也買了三文治。」龐老師用慈祥的語氣說。龐老師身穿一件深藍色的旗袍，黑色的高跟鞋，頭上頂著一個圓圓的髮髻，樣子非常慈祥，年紀大約四十歲，可以看出年輕時是一個絕色美人。

「你們去吃吧，不用理我，我已經吃過了。」班主任說。當然，小綾知道班主任是不吃午飯的。班主任說完後，知道自己任務完成，所以回去了自己的座位上。

「可以啊，去哪裡吃？」小綾追上龐老師，然後說：「到學生會室去

好嗎?那邊現在清靜得很。」

「好啊。」龐老師一口答應。

小綾和龐老師一起來到學生會室,裡面就如今天早上那樣,空無一人,她拿出客人用的 WHITTARD 茶杯,用 Balmuda 的咖啡壺把水煮開,然後在廚櫃內找到了幾個阿薩姆紅茶的茶包。小綾小心翼翼地把茶包放進自己專用的 Royal Albert 骨瓷杯子,還有準備給龐老師的 WHITTARD 茶杯內,然後把熱水慢慢地倒進杯內,杯子上的蒸氣由淡而無味,到慢慢散發出一陣陣茶的濃香。

小綾把杯子端到龐老師面前,龐老師喝了一口,然後就把杯子放下,小綾也拿起杯子呷了一口阿薩姆紅茶,不知怎的,這杯茶味道怪怪的,

跟平日智文泡出來的阿薩姆紅茶就是不一樣，之前智文泡的茶有一種親切感，讓人想一喝再喝，但今天小綾自己用茶包泡的茶卻像一杯苦味的水，一點也不好喝，是茶包的問題還是泡茶手法的問題，還是更根本的，是小綾心情的問題？

「我好久沒有回到這個學生會室了。」龐老師一邊感嘆地說，一邊走向會議桌那邊。

「老師以前也是學生會的成員？」小綾已經猜到了一點，但還是要發問來確認一下。

「嗯，很多年前的事了，我是學生會的司庫。」龐老師把從福利部買來的三文治放在桌子上，然後優雅地坐下。

「那當年你一定留下了很多美好的回憶了，例如聖誕聯合舞會之類的。」小綾打算說點開場白。

「不是每一屆學生會都是開開心心的。對了，
我們進正題吧，你找我是因為紫晴和宇辰要訂婚，
你想知道為甚麼他們的父母要這樣做吧？」龐老師
一臉憂愁地把話題立刻拉回小綾最關心的事上面。

「對，王若凝和鄭沛南分別就是會長的母親和阿辰的父親吧？他們是同一年畢業的，而且都是學生會會長，他們之間發生過甚麼事嗎？為甚麼現在要這樣逼迫會長和阿辰？」小綾連珠炮發地提問，這些都是她想了一晚，但卻資料不足的問題。

「要了解這件事，首先你要了解他們兩大家族的歷史……紫晴一家由文藝復興時代開始，就已經是一個顯赫的家族，他們設立了一個組織，叫做『流浪武者』，主張人類應該要為自己而活，強調獨立思考和民主思想。這個家族在歷史洪流中的影響力非常大，經常擔當重要角色，例如促成『法國大革命』和『美國獨立宣言』，他們居功不少。」龐老師說到這裡停頓了一下，拿起杯子喝了

一口茶，似是在等待小綾消化她話中的內容。

小綾點了點頭，示意自己明白。

「而阿辰的家族，則是另一個秘密組織『聖堂騎士』的成員，他們主張人類要有秩序地生活，才可以長久站在這星球食物鏈的頂端。追溯歷史，『俄國的十月革命』、『韓戰』，還有近代形成的『資本主義帝國』這些事件中，他們都非常積極地參

與。」龐老師又再次稍為停頓，然後拿起了三文治，小小地咬了一口，慢慢地咀嚼著。

「他們怎樣參與？以我讀過的歷史來說，這些事件都是由不同的人策動吧？」小綾不解地問。

「就透過投資，甚至派人滲透在運動中，暗中操控；更甚者，有些事件的領導人，本身就是來自兩大家族，就好像參與『反清運動』的宋教仁，他就是『流浪武者』的成員。兩大家族的嫡親與旁枝，以及有關係者一直延伸，勢力龐大。長久下來，世界上很多事情，只要牽涉到意識形態之爭，他們就必然會插手其中。」龐老師剛說到這裡，用手勢示意小綾可以一邊吃便當一邊聽。

「那跟會長和阿辰要訂婚有甚麼關係？如果兩大家族之間已經持續爭鬥幾百年，更不可能在今

年突然間，要結成姻親吧？」小綾還是不明白。

「其實在美蘇冷戰之後，兩大家族關係已經緩和很多。畢竟世界也進入了新的時代，以前兩大家族總是在戰爭中謀利，但到了網路普及和全球化的今天，大家合作起來反而賺的錢更多。亦因為這樣，才會有這個校園的出現。在 1990 年前，這兩所學校完全沒有往來，更加沒有中間商業區，是兩大家族合作才使商業區和聯校活動變得可能。」龐老師看著小綾，等待她的反應。這算是身為老師的職業病吧，在確認對方明白之前，她是不會說下去的。

「嗯，我知道，現在的校舍是在 1990 年建成的，之前兩校分別位處在相距很遠的地方。」小綾入學之前曾翻查過資料，但事實上能找到的資料

不太詳盡，小綾所知的也不多，大概是兩大家族都把詳細消息封鎖了。

「這兩校搬到同一位置，學生會開始合作，也促成了若凝和沛南這對戀人。」龐老師漫不經心地說出了驚人的事實。

「甚麼？會長的母親和阿辰的父親是戀人？」小綾在這方面真的遲鈍得到家，如果晶晶現在在旁邊的話，大概又會狂笑不止，說小綾是「遲鈍鬼」了。

「嗯，當年他們兩大家族剛剛開始合作，芥蒂也不少，所以二人的戀情被各自的家族反對，最後二人分別升學到不同的大學之後，戀情就無疾而終了。當年我是他們的學姊，二人高調地相戀，所以這是大家都知道的事。」龐老師簡單地交代。

「你的意思是，會長的母親和阿辰的父親是因為要彌補當年的遺憾，所以才逼會長和阿辰訂婚？」小綾對這個結論有點懷疑。

「或許吧……我已經説完要對你説的話了，就先回教員室了。」龐老師説完，也不理會小綾的反應，就自顧自的站了起來，向門外走去。

　　小綾覺得龐老師有事隱瞞著自己，但卻不知道是甚麼，也不知道從何問起才對。 她沒法相信，紫晴的母親和阿辰的父親兩人，會單單因為當年的遺憾，就斷送兩個年輕人的自由。

　　當小綾回過神來，龐老師已經離開了學生會室了。

錯別字中的秘密

　　到了放學時間，小綾又再一個人來到學生會室，自己一個坐在梳化上，在手機上仔細地觀察王若凝和鄭沛南的畢業相冊，他們身上戴著有數字的飾物，還有那篇滿滿是錯別字的自我介紹，很多很多的謎題尚待解開。

　　但根據龐老師所說，還有畢業相冊中的記載，二人畢業後升學到不同的地方：王若凝升學到英國劍橋大學的物理系，而鄭沛南則升學到美國麻省理工的電機工程系。這也和總管家由美的說法符合，會長的母親是在倫敦遇上現任丈夫，亦即是會長的父親。

這時候，晶晶和盈盈一起回到學生會室，看到小綾正在喝自己泡的茶後，知道會長、副會長和智文都不在學生會室內，於是不發一言，各自找了個位子坐下。

小綾看著兩人自我介紹的錯別字堆，突然靈光一閃，她知道那些錯別字的意思了，於是她找來了一張紙和一支筆，準備抄寫一次兩人的自我介紹。

就在這時候，學生會室的大門突然打開，會長和智文在大門外走了進來。

「會長！你怎樣了？聽説你要和阿辰訂婚，這是真的嗎？」晶晶還沒等會長進來，就立刻緊張地追問會長。

「大家都在嗎？我今天回來，就是要對大家説

這件事的。」會長用冷冰冰語氣回答晶晶。

「嗯，除了副會長之外，大家都在。」智文在會長後面確認。

「思昀呢？」會長知道思昀的「隱形」超能力，所以特別要提到她的名字。

「我在，我一直都在。」在梳化的後面傳來了思昀的聲音。

「好，那我簡單的說一次，我要和阿辰訂婚，明天會舉行典禮；換句話說，明天過後，我，林紫晴就會是鄭宇辰的未婚妻了。」會長繼續用那冷冰冰的語氣一字一句吐出震撼的話。

「會長，請問你為甚麼要和阿辰訂婚呢？是因為你的父母嗎？」小綾再也按捺不住，直接打斷會長的說話。

「我是自願的，你們，特別是小綾你，就不要再追查，或者阻止這個訂婚典禮了！」會長沒有回答小綾「為甚麼」的問題，但卻想阻止小綾繼續追查這件事。

「你能不能在大家面前，大聲承認你是因為喜歡阿辰，才要和他訂婚？如果你可以的話，即使你父母有多麼可疑，或有甚麼不可告人的動機，我也不會再追查下去！」小綾放下手中的紙筆，站起身來，對會長說。

「這是我的私生活，你不要過問。」會長深深地吸了一口氣後，再次用冷冰冰的語氣回答小綾。

「我現在看到的會長，壓根兒就不是平日那個帶領我們的會長！真正的會長是不會這樣，把所有事情都自己一個人去扛的！會長的事情，就

是我們大家的事情，我們可以一起想辦法去解決的！這就是朋友的定義！也是『推理七公主』的定義！這名字不是會長你自己取的嗎？」小綾一邊忍著淚水，一邊說。而晶晶、盈盈和思昀聽到這話後，也不禁跟著點頭。

「那是我自己的事，我可以解決。」會長咬緊牙關，冷冰冰的語氣開始有點崩潰。而一直站在會長背後的智文則再也忍不住，淚水缺堤，哭成淚人。

「會長，我一定會追查下去的！我一定會救你的！如果你不是真心喜歡阿辰，無論如何，我都不容許你和他訂婚！」小綾對著會長歇斯底里的大喊。

會長沒有再回答小綾，雙手掩面，然後逃出

了學生會室；滿臉淚水的智文也連忙跟著會長離開。自從加入學生會後，小綾從來都沒試過如此明確地反抗會長的指令，但這次她真的做了。

　　小綾回到梳化上，繼續剛才的工作，把王若凝和鄭沛南的自我介紹抄在紙上，寫成以下的樣子：

我是學生會會萇王若凝。大家好，找叫阿南、鄭沛南。我非常喜歡這家學校，我很榮幸能夠擔任學牛會會長。也非常愛護學牛會的各為，羅勒葉高俊是我們的驕傲，希望畢業之後大家都能夠畢業後，希望大家靚能順利，生活偷快，健庸快樂。熊夠活出一固轟轟烈烈的人生。

　　把兩個人的自我介紹連起來，每句的字數就會一樣，讓兩篇介紹變成了一個長方形，小綾在這時候把錯別字用筆刪去。然後用線把有錯別字的地方連起來，就形成了 163 這個數字。

我是學生會會長王若凝。大家好，也叫阿南、鄭沛南。
我非常喜歡這家學校，我很榮幸能夠擔任學生會會長。
也非常愛護學生會的各位，羅勒葉高中是我們的驕傲，
希望畢業之後大家都能夠畢業後，希望大家也能順利，
生活愉快，健康快樂。能夠活出一個轟轟烈烈的人生。

　　小綾猜想，這或許代表一個聖迷迭香書院的
學號。因為聖迷迭香書院的學號沒有分班，除了
001-009 單位數字號碼預留給學生會成員之外，其
他學生則使用英文姓氏的字母順序排列；而羅勒
葉書院的學號用班級分配，例如 A02 就代表 A 班
2 號。B28 就代表 B 班 28 號。

　　小綾之前有用手機把畢業相冊的每一頁翻拍
下來。她找到的 163 號，是個美人胚子。照片中
的這個女生，面容秀美脫俗，但臉色雪白，就像

是少了一層血色似的。臉色的蒼白和她那頭烏黑長直的秀髮，形成了強烈的對比。

小綾仔細凝視照片，但覺這個少女雖然清麗秀雅，但卻讓人感覺不敢凝視，她就好像在雪地中站著一隻雪狐一樣，孤高、冷傲，同時也潔若冰霜。 她的名字，喚作龐小娟。

事情果然不像龐老師説的簡單，至少還有一個人牽涉在內。龐小娟這個人究竟是誰呢？為甚麼會長的母親和阿辰的父親要用密碼把她藏在自我介紹內呢？同樣是姓龐，這個人會不會是龐老師的親屬？會不會她們根本就是同一個人，龐老師的名字叫「龐月容」，會不會其實是假名呢？

這全都只是猜測，未必是事實，小綾需要更多關於「龐小娟」的事實來幫助推理。

　　這時候，小綾發現了「龐小娟」畢業相冊上，升學學院和學系一欄是空置著的，這對於長年100% 升讀大學率的聖迷迭香書院來說並不正常！究竟發生了甚麼事呢？「龐小娟」畢業後去了哪裡？

第三者的身份

「『龐小娟』嗎？我記得看過這個名字！之前我做報告時，有些資料中有提過這個名字的……」晶晶在小綾專心地看著電話熒幕思考時，看到了小綾電話上的名字，然後在旁邊大叫出聲。

「是關於甚麼的報告？」小綾立刻發問。

「我忘記了，畢竟每個學期要做的報告就如海量的多。這個人怎麼了？是關於會長的事嗎？你為甚麼要找她？」晶晶摸了摸自己的額頭，一邊發動自己的「讀心」能力，一邊說。

「當然是關於會長的事了！快想想你是從哪裡記起這個名字的？」小綾也不理會晶晶發動能力

的樣子，直接問下一條問題。

「記不起了，這個名字應該是從舊報紙上找到的。」晶晶苦苦地尋思了一會兒後，依稀地說。「那我現在就去圖書館查舊報紙。大家也幫手吧，只要查到這個『龐小娟』和會長母親跟阿辰父親的關係，應該就能阻止會長和阿辰訂婚了！」小綾說完，拿起手機，就要往圖書館奔去。

「小綾慢著，現在查舊報紙不用去圖書館了。」盈盈把小綾叫住，然後拿出了自己的手提電腦。

「啊！對！我都頭昏腦脹了！公共圖書館在網

上已經設有搜尋器，要查閱舊報紙的話上網就行了。」小綾搖了搖頭，覺得自己也實在太魯莽了，居然連這種簡單的知識都忘記了。

「冷靜下來，我們一定能救到會長的。這是我的預言，一定會實現！」盈盈一邊說，一邊在舊報紙資料庫的搜尋列上輸入了「龐小娟」這個名字。

然後搜尋的結果讓眾人心裡都涼了一截，多張報紙報道，「龐小娟」在領畢業證書前的一天，在學校近郊的樹林內自縊身亡，本人留下了遺書，說明自己是自殺，死因沒可疑。

小綾開始逐一地閱讀那些報章，大都是一小格的報道，只交代了身亡地點、人名和事件，沒有更多的詳情。但至少知道了，「龐小娟」和「龐月容」龐老師是兩個人，而會長的母親和阿辰的

父親明顯為了記念「龐小娟」，所以才在畢業相冊內加入了這樣的一組錯別字密碼。

「你們看，這裡有一份比較詳細的報道。」盈盈找到了另一張報紙，有一篇大約五百字的新聞。

這篇報道內容也是大同小異，不同的是，它

特別指出遺書的內容，說「龐小娟」一直在感謝自己的親人、朋友和老師，卻沒說自殺的原因。

「遺書不是用來訴說自殺的原因的嗎？如果連這個都沒有的話，會不會是偽造的？」晶晶提出疑問，並看著「天才推理少女」小綾，等候她的回答。

「你說得對，但我覺得遺書不是偽造的；如果要把他殺嫁禍成自殺，然後偽造遺書，自縊是很不聰明的做法，因為自縊時死者的頸骨會被自身重量弄斷，跟被勒死或是其他方法殺害的屍體會有明顯分別。」小綾分析說。

「那為甚麼她的遺書會不說明原因？」晶晶追問。

「我想，如果她還有另一封遺書，那事情就說得通了。」小綾覺得所有線索都開始連起來了，她

拿出手機，再次細看會長母親和阿辰父親的畢業相冊。會長母親的頸上那一條鏈墜上寫著 889 的項鏈，還有阿南手上面寫著 6434 的手帶。眾人一起瞪著小綾的手機熒幕，等待小綾的下一個結論。

「889，6434，這是公共圖書館的索書號。889 是翻譯小說，而 6434 呢，就是諾貝爾文學獎得主安德烈·紀德的《窄門》。」思昀突然說話。

「思昀你真厲害，正常人是不可能從公共圖書館索書號就知道這是哪一本書的。」小綾真心地稱讚思昀，只憑她自己的話，大概需要更多的時間才知道 8896434 的意思。

「我也是剛剛才想到

的，紀德的《窄門》是一本半自傳式的小說，書名引用自聖經《路加福音》第 13 章 24 節：『你們要進窄門，因為引到滅亡的那門是寬的，那路是大的，進去的人也多；引到永生的那門是窄的，路是小的，找著的人也少。』男主角杰龍與女主角阿麗莎是表姊弟，他們雖然結為夫妻，卻終身沒有同床。因為阿麗莎非常偏執，希望杰龍可以朝著信仰上的理想前進，甚至曾於日記中寫道：『祢指點於我們的路，主啊，是一條窄路——窄得容不下兩個人並肩而行。』可悲的是，阿麗莎認為自己的存在阻礙了杰龍，杰龍也因為尊重阿麗莎的想法，而使兩人分開，阿麗莎離家出走，鬱鬱而終。作品前半部是杰龍的自白，而後半部則是阿麗莎的日記。」思昀的「開關」被打開，開始滔滔不絕地

在談關於這本書的事。

「思昀你先停一停，你知道我們學校的圖書館有這本書嗎？」小綾及時地阻止了思昀。

「學校的圖書館沒這本書，至少我從沒有在書架上看見過這本書。」思昀斬釘截鐵地回答。

「那我就更肯定了，這本書，被『龐小娟』藏了起來，我們去圖書館找吧，就算入面沒有『龐小娟』的遺書，最少也有她的留言。」小綾站了起來，向圖書館走去。

小綾用學生會的權力封鎖了圖書館，然後眾人開始尋找這本安德烈·紀德的《窄門》。可以收藏此書二十多年，而不會被發現的地點，其實也不多。經過大半天的搜索後，晶晶在一個書架的夾縫中找到這本小說，小說上一次借出的日期，

是 1994 年 5 月，而且小說入面，夾著一封信。

「行了，足夠了！明天我們一起去阻止會長和阿辰訂婚吧！」小綾看完這封信後，明白了真相。她立刻用學生會活動的名義打電話到校務處，替大家明天請假。

「我不願意！」

　　第二天早上，小綾、晶晶、盈盈和思昀乘坐著由晶晶安排的長房車出發到訂婚典禮的現場。車程一點也不短，大家坐在車上快兩個小時後，才到達了一座大教堂外面。

　　小綾急不及待地下車，直衝向禮堂那邊，大家也跟上她的步伐，開始跑了起來。為了會長，大家都不會吝嗇這一點點體力；為了會長，大家會用盡所有方法，絕對不可以讓會長做自己不想做的事。

　　到了禮堂的大門前，大堂是 16 世紀建築風格的大教堂，花崗岩建成的巨牆顯出教堂無盡的威

嚴。大門有四米高，門上有著各種不同的天使木雕，小綾花了好大的氣力才把大門打開。

打開門後，穿著紫白婚紗的會長和穿著全黑禮服的阿辰正站在牧師面前，進行儀式。

「鄭宇辰，你是否願意承諾於不久將來娶林紫晴為妻子，並且以後甘苦與共？」牧師對阿辰說出典禮預定好的對白。

「我不願意！」小綾搶在阿辰回答牧師之前大叫，本來集中在儀式的目光一下子全都轉向了小綾。

但小綾沒有理會大家的目光，沿著教堂中間的紅地毯向著會長衝過去，站在了會長和阿辰的正中間，向

牧師鞠了一個躬，為打擾儀式致歉，同時也把牧師面前的咪高峰轉向了自己。

「會長的母親和阿辰的父親，請你們聽我說一句話，其實事情並不是你們想的那樣，對於當年龐小娟的自殺，你們都沒有責任，也不需要因為她而逼你們的兒女訂婚。」小綾對著所有人，包括會長、阿辰、智文、副會長、王若凝、鄭沛南和所有賓客面前，大聲説出這個她查到的事實。

「你說甚麼？」阿辰的父親從座位上站起來怒吼。

「我在學校圖書館中找到龐小娟藏著的文學作品《窄門》，裡面有龐小娟的另一封遺書，相信你們兩人都看過了吧？」小綾轉過去對著鄭沛南和王若凝。

「看過又怎樣？」會長母親也站了起來，跟阿辰的父親，加上小綾，形成了一個對峙的等邊三角形。

「你們只看了字面的意思，所以就打算讓會長和阿辰訂婚，算是完成小娟的遺願，對嗎？」小綾發出驚人的質問，而面對這個問題，兩個站著的成年人都無法在眾多賓客面前回答，算是一種默認。

「小娟在遺書上是這樣寫的……」小綾拿出手機，照著上面的字開始讀：

「我覺得若凝比我更適合沛南，我喜歡若凝、也喜歡沛南，我希望他們幸福。

我知道我是一個沒有人會喜歡的可憐蟲，每

晚都睡不著，然後早上帶著蒼白又虛弱的面容上學，這讓大家更討厭我了吧。

　　兩大家族鬥爭了這麼多年，如果我現在死了，促成了若凝和沛南的好事，兩個家族聯婚的話，也算是在歷史上留名，反正沒人會在意我的死活，我死了也沒人會傷心。」

　　「你們就是看了這一段，所以才想完成小娟的遺願，對嗎？」小綾問完，兩個成年人又陷入了沉默。

　　「但事實不是這樣！你們以為要為小娟的死負責任；但事實上，殺死龐小娟的，並不是你們二人。」小綾伸出一隻手指，擺著像漫畫中名偵探的姿勢說。

「那是怎樣？」王若凝和鄭沛南異口同聲地說。

「令小娟自殺的，是抑鬱症！在這遺書中，明顯的顯示了小娟有抑鬱症的症狀，例如覺得這世界上沒人喜歡她，還有失眠、多疑，這些都是典型抑鬱症的症狀。據我估計，當年阿辰父親的女朋友其實是小娟，但看到因為聯校活動而和男朋友變得熟絡的會長母親，才令病情惡化。在二十幾年前，根本沒人在意抑鬱症的病徵，大家都以為那只是她看不開，或者單純的不開心；但是抑鬱症和不開心最大的分別，就在於前者根本沒可能自動復元，而且患者自己也控制不了情緒，患者需要治療，而不是安慰。」小綾說出她的猜測。

「那也不代表小娟的心願是假的吧？」鄭沛南

深沉地説。

「你説得對，我和你都不知道小娟的真正心意；但這世上，應該還存在著知道小娟心意的人。而且那個人，現在也在這個典禮的現場。」小綾站在講台時，早就看見這個人混在賓客當中。

「你是指誰？」會長母親轉過身用目光橫掃賓客的臉，每個被看到的賓客都感到不寒而慄。

「龐月容，龐老師！你是小娟的親人吧？如果小娟喜歡《窄門》這本書，喜歡到要把遺書藏在裡面，那麼，小娟本人一定和主角阿麗莎一樣，有寫日記的習慣，而在小娟死後，那本日記一定在你手裡！」小綾指著坐在後排的龐老師。

「是又怎樣？」龐老師從後排中站起，穿過會長和阿辰，走到講台前。

「是的話，你應該可以證明，其實小娟一早就知道阿辰父親和會長母親是普通朋友、工作伙伴的關係，小娟只是被情緒病影響，才沒法阻止自己向不好的方向聯想。她根本不是真心希望會長母親和阿辰父親可以結婚。」小綾質問龐老師，得知真相之後，小綾一直在想龐老師要對她說謊的原因。

「我知道我妹妹自殺的原因是抑鬱症，我也看過她的日記，的而且確，那遺書是在她嚴重病發時寫的。但王若凝，你明明是小娟最好的朋友，她病得這麼嚴重，你竟然不知道？而鄭沛南，小娟當時是你的女朋友吧？她每晚都失眠，然後也不吃飯，都嚴重到這個程度，你還叫她『看開點』？這場訂婚典禮，就是我要你們兩個付出的代價，我要你們看著自己子女不情不願的婚姻，每天都想起小娟，每天都在自責中活下去！」龐老師聲色俱厲地對二人控訴。

「但這樣解決不了問題吧？你們上一代的恩怨，不應該由下一代來承受吧？對嗎？龐老師。」小綾搶在會長母親和阿辰父親開口前說。

「你還敢說？張綺綾！要不是你這樣多事，本

來我的計劃就可以好好進行的！他們兩個早就把小娟忘記了，各自升學、成家，好像甚麼事都沒發生過似的；他們甚至連小娟送給他們的禮物中藏著索書號這件事也不知道！我呢？我失去了我的親妹妹！況且，我也沒有做甚麼，我只是把那封遺書拍下了照片，然後傳給他們罷了。」龐老師反駁小綾。

「龐老師，你沒有回答我的問題，我問的是，『你們上一代的恩怨，不應該由下一代來承受』，這話對嗎？」小綾用一個凌厲的眼神回敬龐老師。

「決定要他們訂婚的又不是我！你要問的是他們才對吧！」龐老師想把責任推卸。

「我……我們有權決定自己的子女應該要和誰結婚吧……」會長母親結結巴巴地說。

「沒有！你們沒有這個權力！會長的未來、阿辰的未來，都只有他們自己能決定！每個人都有談戀愛的自由，他們明年就要滿十八歲，很快就是成年人了！」小綾挺起胸膛，大聲的在禮堂中央大聲疾呼。

「你這個小女孩，不要再阻礙典禮的進行了！保安，快來把她趕出去！阿辰！快幫紫晴戴上戒指！」阿辰的父親說完，直接衝到禮堂中央，打算強行把戒指戴到會長手上。

小綾明白在這幾個頑固的大人面前，說道理已經行不通；於是她一手牽著會長的手，另一手提起會長婚紗的長裙襬，二話不說，開步狂奔，打算帶會長逃離現場。智文明白小綾的用意，向學生會的眾人打了個眼色，「推理七公主」一行七人

一起向大門方向逃去。

　　這個突如其來的舉動，讓會長母親和阿辰父親一時間反應不過來；直到她們拉開一段距離後，才發現自己應該追上去。

　　眾人跑到禮堂門口，但卻還是遲了一步，阿辰父親召喚來的保安已經堵在了大門之前，小綾她們前無去路，後有追兵。

　　「小綾，你這是多管閒事，明明我都已經叫你不要管這件事的……」會長突然開口責備小綾，但嘴角卻是微微向上揚，而且眼中的淚水終於忍不住，滾滾的流在臉上，把妝容都弄得花斑斑。

　　「小綾、大家，我知道我姐姐不懂得表達自己，我要代她多謝大家……」另一個已經哭成淚人的，是副會長。

　　「會長、副會長，現在先別說這些，要罵我的話等我們先逃出去，再責備吧。」小綾回應會長，並用衣袖幫會長拭了拭眼淚。

　　「年輕人，你太衝動了，要先停下來、想一

想，想一想這件事是不是你可以插手的範疇。」會長母親追上來，用冷漠的語氣對小綾說。

小綾站在會長母親前面，心想，今天無論如何，她都要捍衛會長的自由，沒人可以逼使會長做任何會長不想做的事，即使是她的母親也不可以。

「會長的母親大人，我懇求你，只要你讓會長重獲自由，我可以用任何東西去換！」小綾攤開雙手，擋在會長和會長母親的中間。

「小妹妹，你太年輕了，你根本不明白甚麼叫『任何東西』。」會長母親的說話就好像一支尖銳的冰錐，狠狠地往小綾的胸口刺過去。

「或許，這可以算是『任何東西』？」龐老師這時也追了上來，拿出一本殘舊的日記本，想當

然的，這就是龐小娟當年寫的日記。

　　小綾難以置信地看著龐老師，看著那本殘舊

的日記。明明龐老師就是為了要讓會長母親和阿

辰父親受苦才佈下這計謀，為甚麼她現在又打算

把日記交給會長母親呢？

　　「我以為讓他們看了遺書之後，他們就會想起

自己做了甚麼⋯⋯但事實呢，他們卻決定讓自己的下一代完成小娟的『遺願』！本來我也樂見其成，但張綺綾同學，我要多謝你提醒了我一件事，就是『我們上一代的恩怨，不應該由下一代來承受』，紫晴和宇辰都是無辜的。」龐老師看穿了小綾的疑問，一邊解答，一邊把日記交給王若凝，然後示意保安們讓開。

王若凝和鄭沛南聚在一起，打開日記來細看，一邊看，一邊拭掉眼眶中的淚水。鄭沛南這時揮了一揮手，保安們有秩序地退下，眾人離開了禮堂，上了大門外的長房車，準備回到學校裡去。

那日之後，紫晴母親和阿辰父親都再沒有提起訂婚這件事；而龐老師也辭去了學校教師的工作，沒有留下隻言片語就離開了校園。

大家的生活好像回復了正常，兩校的學生會為了準備聯校聖誕舞會而忙得不可開交。會長一如往常氣定神閒地指揮著眾人；副會長繼續努力地幫會長處理她不想處理的事；智文仍然一直站在會長身後，在會長發問之前就準備好答案；晶晶不停來回兩校之間負責溝通及協調；盈盈編排好舞會當日的流程和工作人員的安排；思昀則繼續整天躲在學生會室內的圖書館看書。

　　小綾呢，解開了這次的謎題後，大家對她更佩服了，除了解題的能力之外，更令人敬佩的是她那永不放棄的精神。為了救會長，小綾無論遇到甚麼阻撓，都沒有停下腳步。

　　十二月二十一日，萬里無雲，在兩校共用商業區內的大廣場中，夕陽緩緩的在西邊落下，斜照著廣場中心的大舞台。

　　三舞台的計劃被擱置了，取而代之的，是一個非常華麗的現代化舞台放在廣場的正中央，觀乎天氣狀況，為雨天特別準備的大型天幕看來也用不著了，兩校學生會的眾人正忙著做最後的準備，好些表演嘉賓已經到場，晶晶安排他們到專屬的化妝車上休息，等候舞會的開始。

　　夕陽完全沉沒在地平線的另一端，場內過萬

盞燈光亮起，感覺就好像把萬千繁星拉到大家頭頂十米高的地方似的，門外的接待處開始接待早到的同學們，大家都盛裝出席，聖迷迭香書院的各位都穿上華麗的晚裝，而羅勒葉高校的大家則換上了整齊的禮服，大家和自己的舞伴集合，滿懷期待地進場，等待舞會的開始。

小綾早前接受了阿辰作為他舞伴的邀請，而會長則和阿煩成為舞伴，但身兼工作人員，大家都在各忙各的，希望舞會可以順利舉行。

晚上七時正，兩校學生都已經全部到達，身為司儀的副會長站到了台前，宣佈舞會正式開始。首先，是兩校學生會的致詞時間。

會長率先站到台前，會長今天穿著一條純黑色，由意大利名設計師 Dolce & Gabbana 為她設

計的平肩長裙，腳上踏著一對 Christian Louboutin 的黑色紅底高跟鞋，但項上繫著的，卻不是甚麼名貴珠寶，而是一條簡單的項鏈，上面寫著「889」三個數字。

　　「感謝大家的來臨，這次舞會能順利舉行，完全靠兩校學生會的努力，我感謝他們。」會長說到

這裡，停頓了一下，大家在這空檔送上掌聲，感謝學生會成員的付出。

「而我個人方面，我不太懂表達自己，所以以下可能會辭不達意；但我還是必需說，我還能夠站在這裡和大家說話，還能繼續當大家的學生會長，我感到非常榮幸。這全都要歸功於學生會的各位，紫語，感謝你十多年來一直幫任性的我收拾殘局；智文，感謝你一直站在我的後面支援我；晶晶，你是最好的，你永遠幫我了解校園所有情況；盈盈，很感謝你為我解決我遇到的困難；思昀，沒有你，學生會的文件和書信我根本處理不了。」會長再次停頓，但這次沒有了掌聲，因為大家知道名單還沒有完。

「最後，還有最重要的，是小綾。『天才推理

少女小綾』，一次又一次的救了我，我很感謝你。」會長深深吸了一口氣，強忍著眼淚，在台上大聲地感謝小綾。

穿著由副會長挑選，Tiffany & Co. 贊助的天藍色連身短裙的小綾這時在舞台的附近，聽了這話後，站了起來，深深的對會長鞠了一個躬。

「會長，這是我應該做的！」小綾回答會長，但因為她沒有咪高峰的關係，這聲音被雷動的掌聲蓋過了。

「多謝大家，我把時間交給阿辰。」會長從台上退了下來，阿辰走到咪高峰前面。

「大家好，我是羅勒葉高校學生會長阿辰；我不打算說甚麼客套話了，我要直接說我最想說的事。」阿辰說完，也深深地吸了一口氣，全場屏息

靜氣，等待阿辰的發話。

「張綺綾同學，我想借這個機會，在大家面前對你說。我呢⋯⋯我⋯⋯我喜歡你，由我第一次在商業區遇上你開始，我就喜歡你了，你⋯⋯你可以成為我的女朋友嗎？」阿辰鼓起了最大的勇氣，在兩校全體師生面前對小綾表白。

小綾被這突如其來的表白嚇呆了，站在當場，

思考應該怎樣回應。經過剛才那一次沒人聽到小綾的回答後，晶晶機靈地找來了一個無線咪高峰，塞在小綾的手裡，回自己座位前還送了一句「遲鈍鬼」給小綾。

「多謝……多謝你的表白。」小綾拿起咪高峰，回答説：「但請原諒我，我要拒絕你的請求，我現在還沒有要和任何人拍拖的打算。」

阿辰聽完後，跪在台上，狀甚失望。

「但是，我很欣賞你有勇氣在兩校全體師生前坦白説你喜歡我，或許，我們先做朋友，好嗎？」小綾經理性思考後，得出這個答案。

會長見阿辰應該一時間也回復不過來，所以踏前一步，站在米高峰前。

「各位，這正正就是自由戀愛的精粹——大家

都可以選擇自己喜歡的人，也可以選擇喜歡自己的人。不如這樣吧，我在這裡宣佈，今年的聖誕聯合舞會，正式開始！阿煩、小綾，你們上台吧，我們要跳第一支舞了。」會長打了個圓場，這時小綾和阿煩分別走到台前。

「May I?」小綾把手伸向阿辰，說出了男生邀請女生跳舞時的經典台詞。

阿辰捉住了小綾伸出來的手，吸了一口氣，然後站了起來。

「我可是不會放棄的。」阿辰站起來後，臉紅耳赤地在小綾耳邊小聲說。

「我也不會阻止你啊。」小綾也輕輕地在阿辰的耳邊，帶點促狹地回答。

接著身為司儀的副會長介紹今天第一位嘉

賓——小野麗莎出場。

　　台上的樂隊奏起了今晚第一首歌，會長和阿煩、小綾和阿辰，兩對男女，翩翩地跳起了今晚第一支舞。

CASE CLOSED

怪盜輝夜姬的挑戰書

在舞會大出風頭的小綾，
被推理學會的三人組盯上，
她們誓要和小綾在推理方面一較高下；
同一時間，
有名的怪盜輝夜姬發出預告信，
要在一星期內偷走會長宿舍家中的名畫。
學生會、推理學會和怪盜三方角力，
究竟最終誰會得勝呢？

已經出版

那隻報恩黑貓是帥氣死神

死神組織的信條是：
死亡是靈魂學習的必經過程。

無論是行善積德的，還是惡貫滿盈的，死亡都會無差別的降臨到人類身上。

但──帥氣的黑貓死神摩卡，卻為了拯救他生前的主人舒雅，一而再、再而三的違反工作守則。即使要與高高在上的死亡之神為敵，他也決意要逆轉注定的厄運！

全書1期完 經已出版 每冊港幣$78

作者
陳四月

繪畫
魂魂
SOUL

守護我的4騎士

水瓶座
的魔法筆
I

售價
$68

2022年聖誕獻禮 隆重出版

兒童圖書業界翹楚創造館
本年度最注目新作

◄≡ 壓 軸 登 場 ≡►

全新創作組合 擦出奇幻火花

延續《推理七公主》的華麗校園，

魂魂SOUL日系畫風再塑絢爛生動角色；

暢銷魔幻派作家陳四月，

繼《我的吸血鬼同學》後又一奇緣感動之作！

故事
簡介

生於豪門、長相
標致的千金小姐潘恩娜，
本應像童話公主般過著人
人稱羨的人生，但不可思議的
詛咒令她擁有怪異超能力：只要她觸碰
過的人或事，都會遭逢厄運！她自小
就像命犯天煞孤星要疏遠所有人，
16歲這年，她失去一切，卻遇
上誓要守護她周全的四個
花樣騎士！

綠野仙蹤
◆奇幻物語◆

桃樂絲與叔叔嬸嬸居住在堪薩斯州的大草原上，
有一天，龍捲風把屋子連同桃樂絲和小狗托托一起捲走。
她們來到了一個叫奧茲國的奇幻仙境，並認識了稻草人、鐵皮人和膽小獅。
為了實現各自的願望，她們結伴一起去找奧茲大法師，踏上了冒險旅程。

魔法物語，從此展開！

ST. ROSEMARY COLLEGE

聖迷迭香書院

推理七公主

CASE
3

捍衛戀愛自由大作戰

作者	卡特
繪畫	魂魂 SOUL
策劃	余兒
編輯	小尾
設計	Zaku Choi
出版	創造館 CREATION CABIN LIMITED 荃灣美環街 1 號時貿中心 604 室
電話	3158 0918
聯絡	creationcabinhk@gmail.com
發行	泛華發行代理有限公司 將軍澳工業邨駿昌街七號二樓
印刷	高科技印刷集團有限公司 葵涌和宜合道109號長榮工業大廈6樓
出版日期	第一版 2020 年 7 月 第四版 2022 年 12 月
ISBN	978-988-74562-2-3
定價	$68

出版： 製作：

本故事之所有內容及人物純屬虛構，如有雷同，實屬巧合。